六塵在簡

六　塵　緣　起

空中南廬首次聚會
群組成立後二〇二〇年九月十九日，相約於師大路星巴克。

廬友北部到訪
二〇二〇年十一月七日，於「平山家」餐敘。

空中南廬臺北聚會

二○二○年十二月四日，
朱奇斌學長約集南廬諸友餐會，於永康街豐盛食堂。

空中南廬高雄聚會

二〇二〇年十二月八日，呂紹敏約集南廬諸友餐會，於高雄蟳之屋。

（左起：呂紹敏、曾佩珍、白繼敏）

臺南造訪

二〇二二年二月十七日，參觀奇美博物館，與黃智群學長、
吳冠賢學弟初次相見，餐敘於轉角餐廳。

（左起：白繼敏、曾佩珍、蔡素鳳、吳冠賢、黃智群）

（左起：白繼敏、黃智群，攝於奇美博物館。）

盧友造訪竹坡居

二〇二二年四月九日，拜訪王增光學姊於南投十年躬耕的山居生活。

（右起一、二：王增光學姊伉儷）

成　果　出　版

左上：《盧心琳琅》書影，二〇二一年
九月，空中南盧一年中的創作結集。
右上：《盧心琳琅》付梓後的寄送工作。
左下：二〇二二年十月十七日，赴萬卷
　　　樓簽署第二本成果詩集《六塵在
　　　簡》出版事宜。

黃 智 群

左：二〇二二年，於奇美博物館導覽解
　　說時留影
下：二〇一九年於瑞士馬特洪峰旅遊時
　　留影

李崑炎

左上：習字時留影
左下：品茗時留影
右下：於賦詩靈感發源地，高雄半屏山
　　　留影

張允中

左：攝於二〇〇七年，「你也可以是丹
　　布朗」懸疑小說徵文大賽頒獎典
　　禮。
下：頒獎典禮受獎時留影。

林　瓊　雯

左：於德國旅遊時留影。
下：二〇二一年，帶領學生於「臺北市
　　知識王」比賽奪冠時留影（左二：
　　林瓊雯）。

吳　冠　賢

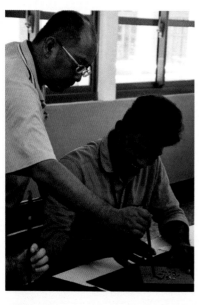

左上：攝於二〇一六年，後甲國中國際
　　　教育書法教學。
左下：攝於二〇二〇年，天籟詩獎頒獎
　　　典禮。
右下：攝於二〇二一年，第十屆台中文
　　　學獎頒獎典禮。

白　繼　敏

左：攝於二○二一年教育部文藝獎頒獎
　　典禮現場。
下：榮獲二○二一年教育部文藝獎上臺
　　受獎時留影。

（右三：黃智群）

（左三：黃智群）

（右一：李崑炎，右四：白繼敏）

（左：林瓊雯，右：吳冠賢）

攝於二〇二二年十一月二十日，天籟盛會及頒獎典禮
（右：楊維仁理事長，左：白繼敏）

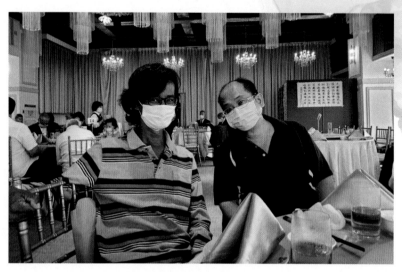

（左：張允中，右：吳冠賢）

許長謨

文藻外語大學講座教授
華語營運中心營運長

　　讀語言學不能不讀索緒爾（F. De Saussure），他幾個劃時代的概念替現代新世紀帶來新思潮。最令我時有體會的是「歷時性（Diachronic）」和「共時性（Synchronic）」，這或許如稱「宇」、稱「宙」的簡單，但每一事件、每一個體群體聚散時，若都能由兩軸去靜觀其協動（Coordinate），那會有多少故事值得交代、值得品味？臺灣師範大學南廬吟社的創立，廬友的聚散，是什麼力量的牽扯、什麼因緣的聚合？實體廬鳥到線上廬鴉的命運是如何？多數為廬友的讀者，不可能沒感懷。（可再讀〈蘭亭集序〉）

　　索緒爾也創造了簡單卻偉大的一組詞：「所指（Signified）」和「能指（Signifiant）」，詩集中六位詩人的選題、用韻、或措辭成篇，其文字錘鍊或揮灑不在話下。這些「能指」意擬乘載的「所指」是什麼？是生活紀錄加上情抒，加上時感，再加上價值寄託等等，每篇就是一輪明月、一方天地，值得大家細細品味。

盧友或約略認識序者「克農」。而一般讀者料必好奇其何人也，竟也來序詩？這又是一段佛家說因道緣的無奈，生平不喜推託客氣，又逢認真摯情的主編繼敏學妹，一口答應卻換來一個月的煩憂：現實生活既煩冗無時，又更憂何才何采來配序？

　　今天新曆九月九，誇張的是農曆九九重陽之網路賀圖已在群組上胡飄亂貼。明日中秋，想專心月餅思友人，故而決心一氣「咳」成，償債交差。如上所言：六位賢儁詩才的學弟學妹，所作每篇，就是一輪明月、一方天地，吾難以做一文提挈或百詩總評，就待看倌粉友們自己去細細品嘗。本擬以一首詩做為序之結，但詩緒難理，掛一漏萬；又怕惹得狗尾、南郭之譏，止念為上策。

　　茲將六人之自序文擇要共聚於下，以利掌握、品賞：

　　吳冠賢學弟所命書名意涵：

> ……心與五感響應世界……創作源於生活感觸…化為文字而成集，故曰在簡……「人生寄一世，奄忽若飆塵。」而此編乃集六人之作，亦暗合之。

（克農：《六塵在簡》交代了這群盧友的生命因緣，娓娓感人。）

　　黃智群（「曉篁」長成「老篁」，臺灣師範大學國文系，南盧吟社社長，高中教師退休。）：

舊酒瓶，新滋味
藉由古典文學寄託情性
一樣可以與時並進

李崑炎（雲樵，臺灣師範大學工教系，南廬吟社創作研究隊副隊長。）：

溫柔敦厚當傳世
翰墨詩書可忘年

張允中（子惟，臺灣師範大學國文系，南廬吟社創作研究隊長，媒體企劃退休。）：

……取材……線上遊戲，大眾文學，吟風弄月強說愁，嘲諷時事罵公侯……

詩以言志，何謂志？士心也。我心所思，我筆所賦，如斯而已。

林瓊雯（臺灣師範大學國文系，南廬吟社創作組長，臺北市誠正國中教師。）：

古意幽迴風雨渡
前塵輕譜歲時歌

吳冠賢（臺灣師範大學國文系，南廬吟社創作研究隊長，臺南市後甲國中教師退休。）：

　　　　如果嘴角沒有口水，夢境就不夠爽快。

　　　　……此集收錄……以二〇一九年六月為分隔線。在此之前為臨近「登出教職」的心路，在此之後，則為「失業之後打零工」的生活偶寄。……

　　白繼敏（臺灣師範大學國文系，南廬吟社創作組長。）：

　　　　詩文幾筆淡茶一盅
　　　　便是人間
　　　　最美好的寄託

　　多年離別，受邀再入詩社，已是南廬停社有年。喜逢君子，啜飲詩文創作、吟哦之甘霖時，感於南廬有形與無形之文化價值，益以眾家於創作及吟唱多是一國一世之雋，若能再組重生，或能藉由網路之遠播，再續詩教、傳承文化。然轉眼又積年，所興之微志無成，或冀由諸家之詩文創作，先繫茲脈不墜。

二〇二二壬寅年仲秋

臺灣師範大學國文系六十九級克農

序於臺南書屋

楊維仁

天籟吟社社長

　　南廬吟社創立於一九六五年，是臺灣師範大學的學生社團，也是臺灣大專校園中歷史最悠久的古典詩社，曾經培育出非常多位擅長創作與吟唱的詩人。可惜近年來南廬社務運作停頓，最終在二〇二〇年正式宣告停社。但是，南廬的「老鳥」校友也在二〇二〇年另外成立「南廬Line群組」，除了重溫詩社故情，同時也在群組裡以詩詞創作與吟唱進行交流。

　　「南廬Line群組」匯聚了前後期社友的情誼，也重新燃起了「廬鳥」們對古典詩詞的熱情。早先，白繼敏學姐蒐集群組內詩詞作品，在去年九月輯成《廬心琳琅》一書行世；今年白學姐又邀集黃智群學長、李崑炎學長、張允中學長、林瓊雯老師、吳冠賢老師，精選六位詩人古典詩詞曲與現代詩作品，合為一集出版，名為《六塵在簡》。

　　智群學長是高中教師退休，曾任南廬吟社社長，在六位詩人

之中最為資深。維仁因為入學較晚，當年未曾親炙學長風範。學長在本書所發表詩作，以七律、七絕、古體並重，其中〈淖水警余〉七律一首體現環保關懷，尤能發人深省。而〈一九九四年為新居命名為詩〉五古八韻閑靜有味，讀來可知主人胸臆之清雅。

崑炎學長是高職退休教師，曾任南盧吟社創作副組長，大學時期就是維仁所仰望的工教系學長。本集所錄作品，也是各體兼備，內容多屬寫景或習書之作。五言古體〈壬寅人日登德文部落觀望山記〉凡二十六句，寫景細膩而情采兼美；另有七言絕句〈感事〉一首頗具禪理，略異於其他賞景之趣。

允中學長曾任南盧吟社創研隊長，也曾參與網路古典詩詞雅集，青衿時期對於維仁指導啟發甚多，年事稍長之後，彼此詩酒聯歡，情分尤密。學長善於詠史，集中〈詠左宗棠〉係第四屆「乾坤詩獎」掄元之作，頗能曲盡左公心事。學長另有〈偶過新莊盲人重建院有作〉五古，雖寫盲人重建院，隱然自述君子固窮之志，令人動容。

繼敏學姐為中山女高退休教師，曾任南盧吟社創作組長。集中收錄為數不少的現代詩，當然也有古典的絕、律、詞。七絕〈線上教學〉寫授課教師的無奈，七律〈無端之禍〉寫某些群組因為事件立場不同而反目的狀況，都非常有時代感。而〈醉花陰·重遊校園〉情意深摯，「味淡情濃，重把前緣扣」或許正可以作為這本詩集的註腳。

瓊雯老師任教於臺北市誠正國中，曾任南盧吟社創作組長，

當年是楊淙銘學長和張允中學長寄與厚望的詩人。現在重新拜讀集中作品，深感學長昔年眼光不凡。〈賦詩〉：「古意幽迴風雨渡，前塵輕譜歲時歌。」〈苦吟〉：「寂如疊影詩還默，魂入星河筆亦枯。」如此工整而精彩的對句，遠非時下平鋪直敘者所能比擬。

冠賢老師，臺南市後甲國中退休教師，曾任南廬吟社創研隊長，近年曾獲臺中文學獎與天籟詩獎，本書所錄〈辛丑即事〉七律四首，即是臺中文學獎古典詩組第二名作品。集中另有〈將就〉、〈牽拖個鳥〉、〈迎新年〉三首七律，自寫作者病況與生活，在看似簡單平凡的題目與文字中，刻畫出深沉的體悟。

臺灣詩社擊缽聯吟之風頗盛，但是創作體裁多以七律、七絕、五律、詩鐘為主，而各文學獎古典詩組則多徵選七言律詩，因此古典詩壇的創作者多以律絕為尚。但是《六塵在簡》卻能別開生面，除了常見的七絕、七律、五律之外，也包含五言絕句和古典詞曲，甚至還有現代詩，其中古體詩數量之多，質量之高，尤其讓人驚艷。

佛家以色、聲、香、味、觸、法為「六塵」，也可以說是眼、耳、鼻、舌、身、意六種官能的感受。詩人充分發揮各種感官去覺察世界、體驗生活，再把這些覺察和體驗抒發為詩文，發表在簡冊之中，我想這應該就是《六塵在簡》這本書命名的意涵。同時，「六塵」可能也是六位作者的自謙之詞，「人生無根蒂，飄如陌上塵。分散逐風轉，此已非常身。落地為兄弟，何必骨肉親？」六塵因緣際會，在這本精美的簡冊之上發表精美的詩

詞，何嘗不是讓詩句與讀者來場綺麗的邂逅？

　　《六塵在簡》初稿完成之後，主編白繼敏學姐命序於我，維仁以位屬南盧學弟，遲遲未敢應命。但是入秋以來，學姐又再殷勤囑咐，維仁不便再三峻拒，只好自找理由：「既然目前承乏天籟吟社社長一職，對於詩壇應有推薦佳作的義務。」因此撰寫讀詩心得如上，或可作為《六塵在簡》推薦之序。

壬寅仲秋　楊維仁

敬撰於抱樸樓

白繼敏

人世間，所有相聚都是因緣。

我們曾在二十歲時進入南廬，習詩唱詞，卻在畢業後的教學忙碌中，紅塵相忘。

三十年一晃而過，人生行至中道再度相遇。藉由網路，無論以前是否相識，都因為對南廬的眷戀，重續情誼，而群組成立迄今，不知不覺已經兩年多。因著對詩詞的愛好，對彼此的珍惜，二〇二一年九月我們出版了第一本群組詩集《廬心琳琅》。而今年則邀集五位同好，以個人多元詩風為主軸，呈顯不同面向的生命風貌，與不一樣的詩文情味，藉著《六塵在簡》再次紀錄值得珍惜的吉光片羽。

這本詩集完全不同於坊間古典詩、新詩分類上的壁壘分明，而是順應作者的情性與喜歡，各自發揮，從古體到近體的絕句、律詩，詞牌、曲牌，以及新詩。因為詩歌的精神無論古今皆是抒

情。所以我們寫生活、寫時事、寫家國，不拘一格，並且也希望藉由這本詩集，讓對創作有興趣的讀者，一起提筆踏入詩歌的殿堂，為人生增添更多美好的情味。在排版上，會以詩作的分類格式作首標，明確詩的體材，以便查找。

《六塵在簡》，跨越了時空的限制，聯繫著人間的情誼，非常期待我們的小詩像一帖清涼的補劑，讓讀者的心靈藉由閱讀而波動、而共鳴、而舒放。

輯一│黃智群

輯二 | 李崑炎

輯三｜張允中

輯四 ｜ 林瓊雯

輯五 | 吳冠賢

輯六｜白繼敏

黃智群

舊酒瓶，新滋味
藉由古典文學寄託情性
一樣可以與時並進

大學時代，人稱「曉篁」，如今年歲已長，故筆名「老篁」。

　　臺灣師範大學國文學系畢業，高中國文科教師退休。喜愛古典文學欣賞及創作。退休後熱愛鳥類生態攝影。

　　我用古典詩歌的形式來創作，簡單說就是「舊瓶裝新酒」的概念。字數句數平仄押韻是舊瓶，一千年前的詩人開發創造後，沿用至今。我利用這個模式，把生活中所遭遇所看到聽到，感受到的人事物，現代人群的思考，寫成詩歌形式，是現時所發生的人事物，具有時代意義，有現代的語彙，以及國內外大事……力求：發古人所未發，寫古人所未寫，不求復古，不必脫古，不會違古，靈魂是新的，見識是新的，意識型態都是新的，這就是新酒。期許一、二百年後的人們，再次閱讀到這些內容，至少可以了解我們這個時代發生過什麼樣的人、事、物，了解歷史上的紀錄。

火龍果吟　小詩二首

之一

赤龍升地駕飛廉，

無爪有鱗難伏淵。

蟠宴眾仙誰啖過，

消弭潺暑自渾甜。

之二

受困難騰雲霧去，

池中擺尾嗫吟喧。

倚天彈劍屠夫笑，

儂戲淺攤無十元。

火龍果續吟 二首

之一

手刃屠龍魂滿砧，

嘻談渴飲血淋淋。

九條兄弟驚飛散，

誰在袍中久隱沉。

之二

不會飛天徒遁地，

祝融炎帝本家人，

醉中燒毀天王殿，

貶落民間當果神。

橘

橘綠橙黃正著時，

皇嘉身美擬商夷，

坡公豈識鮮滋味？

獨愛酸甜樂朵頤。

冬望日山中雪夜訪友

初更玉絮落，

天霽二更開。

千里迎黃月，

三更訪雪梅。

梅邊聞笛響，

月下伴君咍。

輕踏瓊瑤碎，

無需怕垢埃。

臺南七股黃昏行吟

黑琵侵水勤撈捕，
九月羽衣飛滿溪。
蚵架之型斜日遠，
鹽山兀立晚風淒。
百元鮮炒饕家樂，
六孔心橋靜影齊。
國聖燈光浮宇宙，
輕舟夕海訪陶蠡。

浲水警余

浲水繞樑穿屋去，
超山越海毀流形。
破天蝸女無心補，
咒雨昏龍忘寸停。
萬古冰原隨暖化，
百年洪潦逆清泠。
神言末日真來到，
誰駕方舟救庶靈。

詠東奧俄羅斯女子水上芭蕾舞隊稱霸二十一年佳績

驚技騰潛九女仙，

池中芭蕾霸連年。

芙蓉出水秋波漵，

蕙指升漪菡萏圓。

朵朵心花旋爛漫，

亭亭玉體舞蹁躚。

青春洋溢金牌夢，

俄國嬌娃最可憐。

大雪山賞鳥行

林鵰高嘯雪山間，

驚見迴彎藍腹鷳。

雄姿帝雉昂頭傲，

溫婉鷦鴣低語閒。

啄木叮咚連壑響，

畫眉翩舞揀花頑。

間關山雀枝椏躍，

奇異恩功滿宇寰。

逢甲夜市美食行

大小二腸包一腸，
鮮蝦殼去齒頰香。
饕客駢肩吃興發，
易牙烹火調味忙。
年糕辣炒撲韓味，
河粉酸甜沁越芳。
人聲鼎沸攤商樂，
文華路上夜無央。

一九九四年為新居命名為詩

日出東北隅，照我群居樓。

樓中有居士，偏愛竹林幽。

結廬遠人境，塵心自悠悠。

籬下無菊採，天低望雲遊。

獨居廣廈裡，物我復何求？

秋風吹不破，廬山莫能儔。

聽泉意自取，山月任去留。

乘興倚門外，不見王子猷。

螳臂擋惡車

螳臂擋惡車，
聞者皆唏噓。
螳臂何其蠢，
安能擋惡輿。
螳臂何嬌貴，
奮勇未躊躇。
寧為自由故，
軀亡莫避趄。
勇哉此螳臂，
巨偉我不如。
願助恩支臂，
挺君擋惡車。

註一 願助恩支臂：「恩」＝Ｎ，代表自然數。

驅福

初一夜晚七點多，一葉蝙蝠蒞我家。

飛上飛下黑瞬影，驚得嬌妻猛訝嗟。

人道蝠到福就到，卻聞蝠毒勝虺蛇。

還聞餓如吸血鬼，傳染疫菌雙獠牙。

唯恐撞頭拉屎尿，嬌妻趕緊戴帽遮。

客廳餐廳自在翔，找無出口牠狠慌。

嬌妻皺眉臉欲哭，問我如何驅此蝠。

我說蝠到福氣到，她說迷信不可靠。

命我速速把蝠逐，還我清靜小窩屋。

戴上雙層棉手套，手握一支羽球拍。

一拍二拍拍無數，越拍越猛力加劇。

夜婆左衝又右突，閃過拍下輕裊翻。

我則揮拍又揮汗，反應速度委實爛。

誰說人定可勝蝠，眼看驅蝠不好玩。

牠還未累我先累，遙望飛蝠失睿智。

忽見飛蝠累到暫棲窗簾布，速上窗臺不可誤。

手套緊握小身軀，今夜總算把福驅。

十塊錢有感

過了一個新虎年，破財損失十塊錢。
快速剪髮本一百，過年漲了十塊錢。
悟饕雞腿本九十，過了新年漲十元。
三媽海鮮一百二，過了新年百三元。
鍋燒意麵蝦子小，卻說物料漲十元。
五月花串仍一樣，默默改價漲十元。
豆漿二十變三十，饅頭夾蛋多十元。
計程車價拼命漲，小七茶蛋還十元？
佳湘佛心是麵包，黑森林仍五十元。
老麥這漲那不漲，一加一值五十元。
火車高鐵都喊漲，老筐身高反倒縮。
縮短縮小怪怨誰，竟是骨鬆鈣不足。
下流老人真下流，全聯專買六折肉。
買多賺多即期貨，名列十元咖啡族。
夜市牛排漲滿天，不見業者加料煎。
菜價水果貴森森，只見販子眉開眼笑樂數錢。

民生物資無缺乏，只嫌物價亂揚無人憐。

十元不是啥大錢，老篁就不捨得捐。

一天花這還花那，加總不只十塊錢。

改日油錢水價電費藥錢手機通訊費棺材錢，

紛紛都漲十個元，老篁晚年苦連連。

大年初一到初四蝙蝠到訪三天，不尋常，賦詩自嗨

初一初二和初四，

三蝠臨門真好事。

刮刮樂透任我挑，

三福財神恩必賜。

妄想蝠來報救恩，

未見銜環無結草。

還將蝠氣門外丟，

夜空魅影毋來惱。

哀哉烏克蘭

哀哉烏克蘭，普丁亂戈干。普丁真壞壞，毀烏狠粗殘。

烏國出美女，農產烏金貴。烏國海港優，稀土加氖氣。

烏風純素樸，民心誠堅毅。地理跨歐亞，堪勒俄心肺。

近年親歐美，普丁芒在背。揮兵侵烏國，世人視污穢。

烏民情何堪，一夕家全廢。俄帝惡帝夢，民命賤草塊。

拜登馬克宏，火車速狂吠。無力制普丁，普丁輕唾啐。

基輔危旦夕，烏軍已崩潰。轉勸習大大，見惡勿思齊。

臺灣是臺灣，烏國連俄西。若真打臺灣，舊恨新仇攜。

血債用血還，永世還不完。槍砲不如你，我口必憤嘶，

我心雄不死，我舌逞其辭：

咒你祖宗八代兒孫後代永錮地獄莫懷疑。

春秋正筆吏，貶書普丁戰犯是標題。

新夜襲・鵐歸暝

風蕭蕭，草搖搖，老筐夜裡狂追鵐。

扛相機，著雨鞋，奮戰農場覓鵐崽。

閃燈閃，強光亮，鵐崽發愣失方向。

猛轉頭，覷人怪，快門響勝子彈快。

拍瞬影，爽績效，滿田追鵐不睡覺。

精神嗨，體力好，夜襲草鵐不伏老。

鵐飛行，鵐站定，神出鬼沒鵐歸暝。

　　　　老筐拍得鵐瞬影，

卻害鵐崽整夜不得覓鼠吃餐挨餓冷……

註一 鵐歸暝：諧音閩南語，瘋狂一整夜。

李崑炎

溫柔敦厚當傳世
翰墨詩書可忘年

李崑炎，詩名雲樵，教職退休。九歲隨父母遷離雲林縣，定居高雄市逾五十年矣。喜愛中國古典文學，一九八三年幸入臺灣師範大學工業教育學系期間，進入南廬詩社學習詩詞吟唱創作，至今吟詠創作不輟。近隨黃華山書道老師習字，書名雨樵，冀望詩書風雅美化人生，感恩師友互助勉勵。此以誌之。

硯池

硯池春引野泉聲，
夜晏習書燈影明。
世道靜觀如夢幻，
二毛歲月轉馳輕。

壬寅新正垄埔小山行併祝福天涯好友

易逝韶華不自由，

春風新歲喜相酬。

暮年自愛耽岩嶺，

竹杖行吟景物幽。

新春遊美濃湖鄉間賞花復過杉林花海

繡雲舖錦美之濃，

燦樹平湖連遠峰。

士女聯翩賞春樂，

月光山過更稠穧。

元月十六日午在屏山
詠半屏山紅葉綠樹美景

行人蕭散欲何之，

午後林中無所期。

迓有好風清靜處，

青山紅葉入新詩。

春寒細雨中迄山寺尋櫻花

殿宇凌虛雲霧中，

春煙寒雨探鴻濛。

依稀仙客清姿隱，

浥露娟娟數蕊紅。

註一　本詩作於二〇二二年二月二十三日。

枝鳥

隔葉穿林遠近聲，

紛紅漲綠見新榮。

輕盈向我如相識，

細語交交別有情。

註一 本詩作於二〇二二年三月三日。

登高有懷

天開壯麗付吟眸，
攬景興餘偏起愁。
烽火死生驚海外，
但祈永靖遍寰洲。

註一　本詩作於二〇二二年三月九日。

詠屏山牽牛花

新裁熨貼紫雲衣，

妙色嬌姿託翠微。

獨立東風猶顧盼，

春燈夜雨伴詩扉。

註一　本詩作於二〇二二年三月二十九日。

感事

花落花開盡一春，

君來君去渺風塵。

年年相似花開落，

白髮侵人未計身。

註一　本詩作於二〇二二年三月三十一日。

註二　小記：法師言：「應捨貪計免以六道無期，未計隨緣守清淨，
　　　感恩善友菩薩慈悲。」

午後習書

静品茗香兼墨香，
薰風何事入書堂。
欲持一碗分甘潤，
襲襲酬君送午涼。

註一　本詩作於二〇二二年五月八日。

詣白河小南海謁菩薩賞蓮花

翠蓋風翻影態饒，

胭脂日照貌多嬌。

蓮塘十里遊方艷，

古佛慈音南海潮。

註一　本詩作於二〇二二年五月二十二日。

落花

莫是芳菲肯絕情，

總因夜雨到天明。

朝陽不及留春住，

一任階香色自橫。

金露花開檢點蜂蟻忙

蟻足蜂鬚緣底忙，

青衣黃果紫花香。

風光剪取三冬備，

嚴雪梅花入夢鄉。

澄清湖卷讀東坡仙赤壁賦

湖開四面盡風光，

靜謐丘林舒眼望。

思詠坡公前赤壁，

無言鏡水漾蒼蒼。

詠花旗木

嘉木昔蔥蘢，蔭涼兼好風。

依山擁賓客，臨水伴童翁。

掩映春將暮，斑斕色正紅。

西天奪霞彩，為盼燦君瞳。

註一　本詩作於二〇二二年四月五日。

暮春詠花旗木

遙看疑是雪，新艷燦雲天。

一歲繁榮復，三春變化先。

風華時占首，顏態曉含煙。

景序融嘉物，花旗木正妍。

註一 本詩作於二〇二二年四月八日。

摹書櫓翁師帖

閑居摹舊帖，

佳茗郁春煙。

岩上伏窺虎，

雲中旋唳鳶。

龍游越滄海，

猿盪挂鞦韆。

太極意氣轉，

琳琅參聿禪。

註一 本詩作於二〇二二年五月二十一日。

復見大花紫薇有寄

薰風大紫薇，

歲復見芳姿。

艷麗晨開景，

孤清暮立時。

故人雲跡遠，

客子北遊遲。

倏忽霜華染，

天涯兩鬢絲。

詠臺東華源天空之鷹

風搏一毛輕，

雲開萬里晴。

隻身天地闊，

雙目鉅毫清。

猛族君能戰，

凡禽孰敢迎。

平洋連峻嶺，

玄影引雄聲。

註一 本詩作於二〇二二年四月。

仲夏晨遊屏東竹田鄉賞蓮花

芙蕖且開落，

大武碧山前。

雲破金光澈，

葉承珠露圓。

翻風何窈窕，

照眼盡嬋娟。

紅艷朝初日，

觀音聖座蓮。

小暑屏山瓜果茶聚

深林一犬吠，
仄徑幾人行。
地僻散策緩，
山幽吟詠清。
彩禽傳好調，
佳茗謝多情。
來去隨緣遇，
交陪存至誠。

夏杪十四日到屏山運動賞景

翳翳山中樹，

悠悠林下路。

彈琴蟬嘒鳴，

催汗肩擔負。

景納彩繁姿，

詩成閑散賦。

開資免費銀，

得此如王富。

壬寅立春到燕巢尖山賞冷泉
過南勝宮參聖並訪友人啖棗茗話

山水多佳氣，

當春醒物華。

人情蜜如棗，

眉眼燦於花。

仁里居仙隱，

神宮映晚霞。

安便饒靜處，

適我愛閒賒。

註一 本詩作於二〇二二年二月四日。

夏杪廿一日宿雨後晨登屏山運動偕友人茶敍

石間百足將何處？

林外一毛飛上天。

泥滑步徐吾意慎，

雲閑眼悅景光妍。

舉杯相敬人和貴，

荐果同稱物候鮮。

為得健康登翠嶺，

風涼蹬道夏聞蟬。

山中茗飲高詠有懷

投閒散策入青林，

小坐清涼敞我襟。

甌茗泛香當醇酒，

山風搖木響天琴。

詩思薄發經三碗，

歌詠蒼茫試五音。

古調娟娟真自愛，

雲端誰契共沉吟。

註一 本詩作於二〇二二年五月一日。

聞疫有人謀芳鄰得疫感思

　　菖蒲艾劍祭端陽，

　　節候疫情何恐惶。

　　足禁煩憂小兒苦，

　　餐尋勞託善鄰忙。

　　文明勃發琉璃境，

　　道德衰微齷齪場。

　　審此河山誰是主，

　　無形有跡可思量。

註一　本詩作於二〇二二年六月四日端午節。

壬寅人日登德文部落觀望山記

颯颯響虛空，獵獵驚天風。

古木尚傾倒，苔岩萌新叢。

出門天猶黑，稀微見連峰。

德文原部落，觀望立環中。

綿延認新徑，升登尋舊蹤。

遠見琉璃境，恍惚在仙宮。

彩雲穿林表，溪澗似遊龍。

及頂攬八極，乾坤氣盈胸。

此間存萬古，吾輩類飛蓬。

俄頃寒生地，烈烈嘯蔥蘢。

千里雨飛至，湧霧沒諸峰。

陵谷不可見，山下村櫻紅。

茲行登高去，人日憶無窮。

註一　人日憶無窮：「人日」，農曆正月初七為中國傳統習俗，當日為眾人的生日。人日亦稱為「人勝節」、「人慶節」、「七元節」。此節是中國古代比較重大的節日，但在今時其隆重程度稍有退減，不過在日本還相當流行。

屏山早春

登臨方開曙，

煙春酬斑斕。

芳草連天碧，

落葉滿空山。

生滅交此際，

升降百重彎。

物景當時節，

悠然自往還。

註一 本詩作於二〇二二年二月十九日。

輯三

張允中

初入天臺事事新
胡麻仙客飯劉晨
開倉頓見盈眸豆
從此吟哦秋復春

張允中，字子惟，以別字行走網路。祖籍番禺，生於香港，一九八四年來臺求學，臺灣師大國文系七十七級乙班。曾獲：陳蓬源文教基金會，大專詩人聯吟大會七律首獎；聯合報極短篇小說獎；乾坤詩獎首獎。著有：《碧桐棲鳳，伶曲繫情》（希代文叢）；《風雨衡山，蝸角之爭》（聯合報連載）。

　　學詩，來自偶然。初入師大，被學長引入南廬。原以為，詩詞格律是遠而不可及之事。然而，經學長一加解說，頓時打開新世界。他日歸主，祂若問我此生做了啥事，我肯定會回答：「主呀！我寫了一些詩。」

　　我的詩取材甚廣，線上遊戲，大眾文學，吟風弄月強說愁，嘲諷時事罵公侯，似乎都有幾句。詩以言志，何謂志？士心也。我心所思，我筆所賦，如斯而已。

詠蟲三首

之一：螳螂
脫軌危坡上，
臨風捲濁塵。
敢憐身粉碎，
攘臂抵飆輪。

之二：蟬
心心啜清露，
念念上高枝。
晝夜鳴知曉，
徒邀識者嗤。

之三：蟑螂
貧富情無異，
寒炎志不窮。
文明湮滅後，
談笑待春風。

為光光學姐山居題照

青山一髮織雲紗，
蒼樹瓜棚染落霞。
漾漾嫣紅殘照裡，
纍纍碧翠忘年華。

註一 小記：一句一幅景觀描述，無論照片還是文字，似乎都無法完全表現造物的美好，以及增光學姊夫婦倆如何胼手胝足創建心中的世外桃源。

街道人生三首

之一

穿梭車陣解飢寒，
或發傳單或貿蘭。
間隙前途須細認，
飆輪熱吻奉承難。

之二

西路民生迪化街，
有人踞凳扮乖乖。
原知薪水非容易，
烈日誰憐廣告牌。

之三

金桶麻衣焚紙屋，
道旁豪邸發傳單。
乃知生死非無異，
覓宅安居有易難。

二〇一六年，歐洲國家盃足球賽四強戰，德國對戰法國，感而有賦

戰火焚天二百秋，

雙雄爭霸苦歐洲。

如今邊燧銷烽矣，

不競干戈競足球。

無題

堂前燕去不知年，

猶似喞吟在耳邊。

舊夢怎生收拾得，

板和舊寓夢中牽。

偶過中研院，遙憶昔日盛夏尋桂不遇感賦二首

之一

當年晨起走蒼苔，

欲訪桂花花未開。

雲卷雲舒原有序，

機緣莫問幾時來。

之二

縱目今朝望翠山，

依然盛暑汗潺潺。

舜英仙子猶消夏，

尺徑何須更亂頑。

註一 舜英仙子猶消夏：「舜英」，指田舜英，《鏡花緣》一百才女
榜第二十一名，桂花仙子轉世。

偶過士林文昌路臨水夫人廟，憶及蝴蝶小姐所著《殿下的日常》，感而有賦三首

之一

文昌香火祠夫人，產褥從來最苦辛。

莫問名題天籙否，慈心彰處便仙神。

之二

輕提霜刃下凡塵，英武何須甲仗陳。

自有茶包解歌吹，嫣然倩盼尚青春。

之三

都城官廨潔如新，善信依依往返頻。

可惜盈眸三合土，阿貓無樹掛玄茵。

註一 書云：臨水夫人一念之慈，為善信延壽些許，因而犯了天律關入天牢。然後，玉帝欽點大唐平陽昭公主下凡代班，故事從而展開。

註二 自有茶包解歌吹：「茶包」，書中常往廟裡拜拜的高中生，一直以為殿下是廟公的女兒。

註三 阿貓無樹掛玄茵：「阿貓」，廟裡的虎爺，因為愛與小朋友玩耍，時不時就弄出靈異事件，讓殿下氣得要將之掛樹頭。

織田信長二首

之一

傻瓜過處血紛紛，

敦盛歌殘野望焚。

若問信長何事業，

屠僧殺婿逼將軍。

之二

虎殞龍薨敵已空，

彤弓誰敢射梟雄。

本能千炬中宵發，

自有天心在此中。

註一 小記：信長少年時，人稱尾張之傻瓜；信長酒後，愛唱平敦
盛。

註二 小記：甲斐之虎武田信玄，越後之龍上杉謙信，天下諸侯信
長唯懼二公。二公薨後，本以為再無敵手，豈料明智光秀發
動本能寺之變，讓他死得不能再死。

伊達政宗

關東三霸虎龍獅，

赫赫威風舉世知。

敢道奧州能奮武，

休嗟伊達不逢時。

註一　小記：人道伊達政宗出生時天下大定，若早生二十年，應可
　　　逐鹿天下。笑話，早生二十年，陸奧兵馬若要南下，首先面
　　　對的是，越後之龍上杉謙信，接著還有甲斐之虎武田信玄、
　　　相模之獅北條氏康。伊達打得贏哪一個？

上杉謙信

五回拒虎戰川中，
風致瀟然越後龍。
無那長星墮清夜，
奸頑未許斬長鋒。

註一　小記：謙信公眼中，天下第一小人是信玄，第二是信長。信
玄死後，上杉提兵往西欲戰信長。奈何冬雪封山不得已撤
軍，只能大叫「來春必兵下大阪取信長首級」，然後，那年冬
天他就死了。這就是〈織田信長〉之二所說的「敵已空」，滿
以為兩大敵皆死，沒料到有個戮背的明智光秀。

詠左宗棠二首

楚國英雄地，書生將相間。

旌旗護閩海，楊柳綠天山。

言必論經濟，人多笑倨頑。

金甌猶有缺，不羨鷺鷗閒。

負卻歸山約，何堪夜雨涼。

青江一離別，白首兩參商。

許國家何惜，堅心氣自揚。

同光多俊傑，誰及左文襄。

註一 小記：左公出山後，每有「打完這一仗，再不復出」之語，奈何一仗又一仗，沒打完之時。一八六六年，左公卸任閩浙總督拜帥西征，與周夫人握別漢江，直到周夫人病逝，左公猶在新疆打仗。

過劉俠故居

京華塵俗隔低牆，
烏桕簷前慣雪霜。
苦疾礪心堅信仰，
真情落紙即文章。
平生風義垂青史，
兼愛襟懷出病床。
過客追思尋手澤，
蒼然一樹映驕陽。

上善若水

日暖生煙夜月沉，

搖風漱石撥清音。

方圓隨遇思無執，

澄濁因緣物未侵。

靜似西施館娃鏡，

奮如中散廣陵琴。

浣紗時雨皆真我，

君子常存自在心。

偶過新莊盲人重建院有作

才命相齟齬，

雄獅不如鼠。

唯有絕代人，

不為命運苦。

史則左丘明；

卜則嚴君平；

劍則座頭市；

曲則白駒榮。

人生若逆旅，

難免遇寒暑。

但得心志堅，

蒼然參天樹。

銅曰

戊土所蘊金之精，

千年鑄錢利厚生。

青蚨久矣不通用，

唯供立像標榮名。

榮則銅像摩星斗，

辱則磔肢復碎首。

當其時兮則聖賢，

非其時兮則桀紂。

銅曰汝人太朦朧，

時云姦佞時云雄。

既是蓋棺未論定，

當年何忍熔我爐火紅。

桂花吟

吳質奮拳擊桂樹，抖落飛花亂如雨。

仙種飄飄播人間，倩取金風芬芳吐。

荷盡蟬老菊未黃，楓紅雲淡初降霜。

三秋清景誰描畫，廣寒脈脈一抹香。

橢圓層葉露凝碧，金珠串串生葉腋。

但送幽氛入雅懷，羞染顏色媚俗骨。

靈均九歌仙香飄，耆卿絕唱望海潮。

完顏尋花學騷雅，采石磯頭風瀟瀟。

奈何香遠不永壽，柔魄難過九月九。

深秋欲覓桂馥濃，唯有案頭桂花酒。

君不見

百花開闔各有時，枯榮底事泣故枝。

細酌桂酒聽月落，故夢嫣然尚依稀。

噫乎哉

妖桃豔綻蜂蝶舞，寒梅秀發蜂蝶老。

敵雪爭春故無緣，悠悠佔得秋月皓。

暗香・翻看舊相本後記

昔年點滴，夢裡常教我，心如蛛織。

舊照漸殘，頁頁輕黃染行跡。

猶記山莊月夜，蟬噪裡、微酡顏色。

欲攝像，暗片難尋，婷嫋怎收集。

尋覓，影寂寂。白石攬小紅，夢繞當日？

故樓偶憶，驚起纖腰似無力。

難忘紅樓舊燕，從別後、誰傳消息。

撿相冊、思亂結，再提禿筆。

八聲甘州

對清光無限落窗前，紅豆正相邀。

憶宜如雄辯，鳳庭筆記，紹敏吟謠。

復有堯章稚女，振筆寫瀟瀟。

回首少年夢，浪湧心潮。

到得黃龍荷露，

海霸王飲罷，柳折長橋。

道天南地北，何處和琴簫。

竟臉書流珠重綰，

相冊中，猶是舊嬌嬈。

螢屏裡，賦相思句，月滿清宵。

林瓊雯

古意幽迴風雨渡
前塵輕譜歲時歌

林瓊雯，一九七〇年生，恍惚已至中年。

骨子裡就是個老靈魂，喜歡古老的東西。

家裡是個老中藥鋪子，所以專長是抓藥以及一點點其他。

先父基本上是個古人，曾經當過私塾先生。得知我考上臺灣師大國文系時，他頗費時日教我寫古典詩，也因此緣份，大學浸淫於南廬吟社，且詩且歌，歲月恬靜美好。

當時，常跟著社友參加詩詞創作比賽，得過凡溪盃、大專聯吟、臺中詩人節一些獎項。在當時頗為雀躍，現在回顧當年作品，卻頗有為題造作之感。不過這些學習的軌跡對我而言仍是非常重要的。

任教之後，幾乎就不再寫詩了。生活粗糙得禁不起風花雪月，人生幾度轉折，造就了現在未成形的我，並且似乎積累了一些生命的厚度。

二〇二〇年八月，拜科技之賜，廬友們成立了空中南廬社群，在學長姐的吆喝下，我又開始了古典詩的創作。

倏忽三十年，創作的理念與手法似乎與當年不同。曾經以為我不能再寫詩了，即使現在也仍常常這樣認為，但在幾度勉強之下又寫出了一點什麼。

創作是一件長年認為自己無能為力的事，總是進一步退兩步，不過蝸步中也留下了一些行跡。

幾位廬友發心，想將作品集結成冊，我忝列其中。惶恐中，只能前行，但願同好能在閱讀中得到一些樂趣才好。

於我而言，人世來去，能在書冊中留下姓名與文字，彷彿為我的人生篆印了意義。

小滿

孟夏雨花臺，

紅蓮未盡開；

低眉含笑意，

為有哲思來。

註一 本詩作於二〇二二年五月二十一日。

註二 小記：成詩之日為農曆四月廿一日，節氣小滿，當時恰漫步
於大湖公園，湖中紅蓮將綻而未綻，故詩之以記。詩意旨在
「未綻花」「含笑眉」中表達凡事不求燦爛的圓滿，留點餘地
更顯「小滿」之美。

懷鄉　和崑炎學長〈硯池〉

歲寒偏憶海潮聲，

陋巷浮生景晦明。

回首南鄉風物澹，

橋頭星夜踏車輕。

硯池

李崑炎

硯池春引野泉聲，

夜晏習書燈影明。

世道靜看如夢幻，

二毛歲月轉馳輕。

註一　本詩作於二〇二二年二月一日。

註二　回首南鄉風物澹：回想故鄉景物，多已在腦海淡去影像。

註三　橋頭星夜踏車輕：此「橋頭」乃故鄉臺南灣裡的南茈橋，此橋連結臺南與高雄茄茈鄉。幼年及初任教職時，常往返此橋。

再入南廬有懷

結社共雲鄉，

蘭亭再續章；

白頭吟古調，

錦瑟奏清商；

守拙弦音遠，

傳燈詩興長。

曲中還把盞，

秋水共琳琅。

註一 本詩作於二〇二二年五月二十日。
註二 結社共雲鄉：南廬停社後於雲端組Line社群。
註三 錦瑟奏清商：「清商」，清越古調。
註四 守拙弦音遠：執守樸拙詩教，弦音不輟。
註五 曲中還把盞：「曲中」，指詩教傳承「中場」，非「終場」也，
表示一切待續。

吳哥憶遊

千載吳哥窟，雙城映曙暉。

石巔君主笑，湖畔庶民饑。

思古懷幽意，維生牽客衣。

同存塵世裡，迢遞嘆命微。

註一 本詩作於二〇二二年六月二十八日。

註二 雙城映曙暉：黎明時小吳哥倒映在蓮池的雙城景象。

註三 迢遞嘆命微：「迢遞」，遙遠。我在遙遠的國度，感嘆人命微賤。

註四 小記：二〇一一年四月初我跟隨妹妹去她的夢想之地吳哥窟旅行，此行主要是去看闍耶跋摩七世的著名石像——「高棉的微笑」，又稱「國王的微笑」。柬埔寨歷經赤柬統治，人民十分貧困，常見小孩向人們兜售一些劣質的東西幫忙養家，當地人孩子生得多，據說這是他們唯一可以升值的財產。尤其是洞里薩湖的水上浮村，住著以前逃離戰亂的越南難民，他們不被承認國籍，不被允許上岸，只能在湖上討生活，吃喝拉撒離不開這座湖，死後骨灰也拋灑在湖裡，而這樣的生活方式成為吸引觀光的理由。回國後怵目驚心的景象久久低迴不去，十一年後，我終於將當年之行記錄了下來。

賦詩

搜文砌字賦婆娑，

織錦裁心響玉珂。

古意幽迴風雨渡，

前塵輕譜歲時歌。

傷多至處詩盈願，

慮重深宵念逐波。

筆墨浮生說已盡，

章成每被笑情多。

註一　本詩作於二〇二二年五月二十日。
註二　古意幽迴風雨渡：在人生的風雨渡口，以詩抒發心情。
註三　前塵輕譜歲時歌：「此時此刻」一流走，過去的時間便都屬於
「前塵」，所有的前塵都值得以詩歌記錄成章。
註四　慮重深宵念逐波：「念逐波」，念頭隨順心中波折。
註五　小記：為了寫詩集前的創作理念，思考了兩個句子，後來乾
脆將寫詩的心情及想法寫入詩裡。

寒日曉讀

覽冊窗前不覺涼，

紅塵白髮兩相忘。

墨香盈袖邀煙雨，

詩韻娛心閱曉光。

拈字成章幽夢遠，

眠英簪菊岫雲藏。

江山萬卷常為客，

俯仰乾坤歲月長。

註一 本詩作於二〇二二年一月二十七日。

註二 拈字成章幽夢遠，眠英簪菊岫雲藏：頸聯寫閱讀《幽夢影》、陶詩。

註三 小記：冬日早晨於閱讀教室窗下讀書，天氣頗有寒意，然微雨飄飛，萬事不驚，心境頗為閒適，故賦詩以記之。

苦吟

坐忘流年身影孤，

貧思九轉望冰壺。

寂如曇影詩還默，

魂入星河筆亦枯。

華髮多因塵慮重，

川眉每為世情殊。

無絃琴上吟遙夜，

人說癡兒我自娛。

註一 本詩作於二〇二二年五月二十一日。

註二 貧思九轉望冰壺：此處「冰壺」乃月亮也。

註三 川眉每為世情殊：「川眉」，川字眉，眉頭緊鎖深思貌。常因不合世情眉間深鎖。

註四 無絃琴上吟遙夜：筆下生詩句即是彈奏我的「無絃琴」，此句意指寤寐之間仍斟酌字詞，不得安眠。

註五 小記：此詩第一個完成的句子是第三句，原為社友出的對子「吟到梅花字亦香」上聯；今日一時興起，欲將此詩句擴寫成絕句，然詩意未盡，只好繼續寫成律詩。苦思之餘，不免自覺癡傻，但好像也無力改變，畢竟吟詠間亦自見樂趣。

辛丑年中秋有懷

青山雷隱妨佳節，

待月分雲素面妝。

廬鳥清音歌水調，

西風餘暑盼秋涼。

中年行旅辭圓滿，

半道逢君問壽康。

展卷東坡思蹇順，

平生好事是尋常。

註一 本詩作於二○二二年九月二十六日。

註二 廬鳥清音歌水調：南廬社員雅稱「廬鳥」，當時正於車中聆聽
社友曾佩珍學姊於Line社群錄製的〈水調歌頭〉。

註三 中年行旅辭圓滿：中年不再只祈求人生圓滿。

註四 展卷東坡思蹇順：「蹇」，音ㄐㄧㄢˇ，困苦、艱難。

註五 小記：去歲中秋循往例等待賞月時辰，未料幾聲雷鳴似乎預
料了不佳的天候，我竟如夸父追日般開車繞著市區，尋賞撥
雲而出的清亮滿月。行車中聽著〈水調歌頭〉，手機傳來朋友
的問候，心念一起故成此詩。

南廬女兒行

南廬結社慕群倫，進學修賢意出塵。

語紹新詞才繼敏，韻裁清調鳳宜春。

風高桂永芳盈袖，月好薰遙懷佩珍。

詩賦自怡如理玉，窮文皓首志嶙峋。

註一 本詩作於二〇二一年九月二十九日。

註二 進學修賢意出塵：精進學問，涵養心性，使見識超脫不凡。
（周修賢）

註三 語紹新詞才繼敏：以現代語境創作古典詩，文思承繼了古代
才女的機敏。（呂紹敏、白繼敏）

註四 韻裁清調鳳宜春：以清朗的韻律譜作新曲，吟唱的妙音有如
春天婉轉的鳳鳴。（陳韻清、陳鳳宜）

註五 風高桂永芳盈袖：「風高桂永」，風骨高潔，如桂香恆久流
傳。（桂永芳）

註六 月好薰遙懷佩珍：「月好薰遙」，在美好的月下相逢，彼此珍
惜的心意如馨香遼遠。「懷佩珍」，相惜的心意異常珍貴，如
懷中佩繫的珍琦。（薛好薰、曾佩珍）

註七 詩賦自怡如理玉：以吟誦詩詞、創作詩賦自我娛樂，這種快
樂有如玉匠琢磨美玉一樣。（姜怡如、易理玉）

註八 窮文皓首志嶙峋：鑽研文字、詩詞之美，即使滿頭華髮亦在
所不惜。（林瓊雯）

註九 小記：一時興起，將現今空中南廬的幾位學姊及大學時南廬
好友寫入詩中，選中的名字以符合平仄與句意為主，因此詩
意需重新解讀，雖是文字遊戲，但表達的是對所有南廬女兒
的拳拳之心！

端陽曉日　壬寅年五日再述

經年避疫又端陽，

漫步湖濱山氣香。

釣客求魚存古意，

歸途慕燕顧韶光。

咖啡在案添時興，

艾草懸門襲舊章。

隨俗非因貪口腹，

偏憐南粽為懷鄉。

註一　本詩作於二〇二二年六月三日，端午。

註二　釣客求魚存古意：金龍湖畔釣客多，我私心想像他們釣魚是
　　　為了保持屈原屍身完整，當然這只是自己浪漫的想像而已。

註三　歸途慕燕顧韶光：住家附近頗多燕巢，燕子於我詩中一向有
　　　天倫和睦的意象。

註四　偏憐南粽為懷鄉：「偏憐」，偏愛也。

辛丑年五日自述

囚徒自度試傾觴，

傳訊親朋念黍香。

方寸思安聊賦筆，

春秋展卷暗流光。

端陽懷古還天問，

滿月封城猶國殤。

政令常因顏色改，

且留青史盡評章。

註一 本詩作於二〇二一年六月十四日，端午。

註二 小記：自二〇一九年新冠疫情爆發至今，已經歷三次端午節，去歲端午節雙北進入三級警戒，故有囚徒之嘆；今年疫情擴大，在家進行線上教學多日，不過人身自由還是有的，今年不寫屈原，只是想起南北粽之爭，表達自己偏愛南部粽的心情。

線上教學

雲端避疫鬧空城，佯學自欺邀令名。

此處先生忙點卯，他方弟子樂聯盟。

尋看勇士爭魁首，忽夢南柯奏鳳笙。

三唱招魂人不曉，狂瀾既倒又何鳴？

註一 本詩作於二〇二二年六月二十五日。

註二 此處先生忙點卯：「點卯」，點名。

註三 他方弟子樂聯盟：「聯盟」，電腦遊戲組隊。

註四 尋看勇士爭魁首：「尋」，不久。時值NBA籃球總冠軍賽，學生一邊上課一邊看勇士隊奪冠。

註五 忽夢南柯奏鳳笙：「奏鳳笙」，慶典、筵席之用，意指夢中享盡繁華。

註六 狂瀾既倒又何鳴：本句語出〈韓愈·進學解〉：「迴狂瀾於既倒」。

註七 小記：新冠疫情綿延兩年多，因避疫而停課不停學已多次，身為第一線教師，我明知學生打遊戲、看球賽、睡大覺，但好像也徒呼奈何！有人說線上教學有如招魂現場，我時有同感，這是時代的眼淚或教育界即將再次翻轉的先兆？我拭目以待，遂以為記。

閒步吟

頭白說年歲，氣虛體漸衰。

避疫多憊懶，曉覺身已肥。

一朝終奮起，病足舉步頹。

畏疾求身健，漫行自逶迤。

熹微透雲翳，寅時出門闈。

中道見雙燕，翩躚餵鳥雛。

晨嗅煙火氣，恍惚憶故居。

行人三二兩，結伴金龍湖。

草漫蜿蜒路，菅芒疏以親。

花燃紅禮敬，樹雙拱迎賓。

湖畔雅人垂釣，風起碧波粼粼。

不時老者問早，余怯答而頻頻。

樟樹橫照水，霧染湖鏡邀。

拱橋現忽隱，行步覺超遙。

噪蛙鳴遠近，禽鳥呼復招。

夜鷺湖中駐，照影刷羽袍。

白鷺旋低舞，嫋娜迎風翱。

忽油桐傳香，思山行往事。

白花委地無人收，輾泥化塵誰悼誅？

水聲忽潺湲，漫行停腳步。

山花落參差，柳葉拂沮洳。

朝氣相混雜，雞啼遠近聲。

芋葉擎晨露，含羞憐翠晴。

修竹間紫蔗，綠植不知名。

瓜田臨菜圃，老嫗販葉莖。

熟識頻吆喝，聊語村人情。

岩壁伏蒼蕨，掩映山農墟。

知了鳴初夏，輾轉向翠湖。

牽牛攀樹頂，雙鳥築巢廬。

汗沁微喘息，心安感自如。

路奄忽而遼闊，樹參差以見綠。

宛轉又聞流水聲，三二卵石清晰見。

玉米吐穗黃，幽篁古調遠。

興至返歸路，細雨送我還。

余棲居於詩意，詠大塊之悠然。

註一 本詩作於二〇二二年五月二十日。

註二 白鷺旋低舞，嫋娜迎風翔：「旋」，立即、突然。

註三 山花落參差，柳葉拂沮洳：「沮洳」，音ㄐㄩˋ ㄖㄨˋ，低濕的地方。

註四 余棲居於詩意：語出德國十九世紀浪漫派詩人荷爾德林的一首詩〈輕柔的湛藍〉：「人充滿勞績，但還詩意地棲居在這片大地上。」

註五 小記：近年體力衰頹，常覺歲月催人老，於是勉強自己先由散步做起。黎明或黃昏散步時常有新鮮物事被我發現，引人睜眼，引人深思，難怪愛散步的康德在行走中走出他的哲學宇宙。

定風波・賀吾妹「命源妙耳」療癒工作室開張

妙耳傳音承命源，

半為遺志半心寬。

風雨經年生悲願，

道遠，

紅塵擺渡送君還。

頌缽聲中應記省：

對影，花開半夏為誰妍？

入世青蓮休挽淚，

不悔，

此身任意便安然。

註一 本詩作於二〇二二年六月二十四日。

註二 小記：吾妹近年修習許多療癒之道，如耳穴、中醫、頌缽……，近日終於成立工作室，取名為「命源妙耳」。「命源」二字取自吾家中藥鋪「命源堂」，「命源」乃天命之源也，吾妹惜取先父命名之心，為耳穴工作室添上此二字，旨在傳承先父醫道，成為一個紅塵擺渡人。

天仙子・生辰有懷

作客紅塵風雨路，
鬢滿霜華頻自顧，
紫薇對鏡綻無言，
如有慕，
迎風舞，
幻境歡愁終曉悟。

蝶夢莊周逢逆旅，
遇合終朝離若絮，
同程相謝共煙雲。
行踽步，
念歸處，
入眼飛花濛似霧。

註一 本詩作於二〇二二年七月三日。

註二 紫薇對鏡綻無言：余好紫色，紫薇生於夏秋之間，故以此花自喻。

註三 如有慕，迎風舞，幻境歡愁終曉悟：常隱約覺察生此人身似有追求，年逾半百，人生境遇歡愁難免，故自勉毋須入戲太深，不過是經歷一場。

註四 蝶夢莊周逢逆旅：「逆旅」，旅社。此生常有莊周之嘆，每個人在另一世界似有真我，今生與親朋相遇，似乎是相約來此一同遊歷。

註五 遇合終朝離若絮：早上才相遇，不久便離散若飄零的柳絮。

註六 同程相謝共煙雲：多謝曾同行的夥伴一起共看人間美景。

註七 行踽步，念歸處，入眼飛花濛似霧：人生終究要獨行自己的路，至於歸程何處，大概所有人都是迷茫未知吧！

註八 小記：生日將近，對流金歲月與人間聚合小有感觸，我習慣以詞贈人，這闋詞就送給自己。

次韻貫雲石〈清江引〉

沐晴光放歌詩妙哉，

情縱虛名外，

幽居隨意閒，

行止都無礙，

枕群書夢覺霞色窄。

清江引

貫雲石

棄微名去來心快哉，

一笑白雲外，

知音三五人，

痛飲何妨礙，

醉袍袖舞嫌天地窄。

註一 本詩作於二〇二一年八月十日。

註二 小記：南廬大家長蔥公（楊淙銘學長）有次在群組呌喝，讓大家和韻貫雲石的〈清江引〉；當時雖避疫在家，但群書為伴，霞色窈窕，心意閒適非常，一時興起便成此曲。

沉醉東風・閒情
次韻盧摯〈沉醉東風・秋景〉

碧湖畔紫花笑倚，微雨天白鷺旋飛。

粉蝶邀行人，野鳧隨流水。

春衫薄，風送涼意。

釣客垂眠細柳低，沉俗慮，人間畫裡。

沉醉東風・秋景

盧摯

掛絕壁枯松倒倚，落殘霞孤鶩齊飛。

四圍不盡山，一望無窮水。

散西風，滿天秋意。

夜靜雲帆月影低，載我在，瀟湘畫裡。

註一　本詩作於二〇二二年五月二十七日。

註二　小記：雨水潺湲多日，趁一日晨起，於微雨中漫步大湖公園。湖中野鴨嬉戲，天空白鷺翔翔，行步中夜鷺、松鼠與我相對，毫不懼人；我見湖邊三、五居民垂釣，竟頗有古風，人與萬物和平共處，余於此中頗見興味。

改編細雨

天空不滿足

只是生產雲朵

遂裁剪

自己

／

一釐米是

雨霧

一釐米是

曖昧

／

匡列

這裡的街角

到那裏的海岸

隔離陽光

隔離絮語

邀請夜鷺與喜鵲

光臨一場

產品發表會的

限時動態

／

風起

觀眾的夏衣

列印出

含羞草的

吻痕

註一　本詩作於二〇二二年五月十八日。

註二　小記：曾參與詩人嚴忠政老師的線上課，此詩題為學員三行
　　　詩習作，近日雨中閒步大湖公園，故借題即景而作。

雨說

還在赤道

快一個月了

我等待地平線將夏天捎來

郵差將汗水染成綠色

燕子忙著剪輯緯度

雨說

目前沒人有空送她

／

叨絮的雨

冷很久了

聽得屋簷下的衣服

耳朵整整溼了一個世紀

春天已經太過臃腫

潮濕的贅肉

跨越了五月的防線

連雨傘都渴望換點口味

比如太陽什麼的

雖然對雨水的饞涎是他的本性

／

梅子味道的雨

醃製了長江的氣味

不顧警告地跨越臺灣海峽

捎來屈原天問的續章

很久了

第2300顆粽子

何時送去給他？

汨羅江底

只熱端午這一日？

黍米的意義

只剩餵養一縷飢餓的魂魄？

／

水色與思索氤氳了桐花

即使掙扎起身

也不保持緘默

否認的第一個音調抗辯時

似乎有一聲蟬鳴

傳訊了包裹寄送的消息

註一 本詩作於二〇二二年五月二十六日。（端午前八日）

註二 小記：雨下得太久，久到向陽的心都發霉了；晨起，突然盼望起端午節，這好像是夏天唯一的重頭戲。午前雨停，遂漫延此心意成詩一篇。

116 ｜ 六塵在簡・輯四 新詩

吳冠賢

如果眼中沒有淚水，靈魂就沒有彩虹。
——John Vance Cheney（美國詩人，1892）

如果嘴角沒有口水，夢境就不夠爽快。
——吳冠賢（類詩人，2017）

品味別人的好詩，讓我獲得許多提昇、偶爾動念效顰，則
殘留許多「上氣不接下氣」的喘聲。這也是「良有以也」的公
道，我的才能學養都很淺薄，自然只是個「類詩人」。

　　二〇一六到二〇一七年，因為突然幾次「過敏性休克」，讓
我坦然地在鬼門關前躊躇了幾回。斟酌幾度，不想讓自身的凋
殘，妨害了學子的受教權，便於二〇一九年六月底，從教職退
休了。

　　除了作於二〇一三年的〈尋巔若夢癸巳記行〉為稍早前身
子尚好的一番心意，此集收錄的作品，可以二〇一九年六月為
分隔線。在此之前為臨近「登出教職」的心路歷程，在此之後，
則為「失業之後打零工」的生活偶寄。

　　作為一個類詩人，湊出幾首「不登大雅」卻也「無傷大雅」
的類詩歌，應該不至於招來「粗鄙」的責難吧！

智慧手機四首

一

欲派丹青圖妙景，奈何心手不相依。

古人呼負今如願，回溯流光智在機。

二

導航聲侶解風塵，南北縱橫君備詢。

借問杏花村酒路，朦朧月霧不迷津。

三

道阻家書抵萬金，憑君傳語見容音。

低頭指望行天下，忘卻此身何處臨。

四

勝事人間各自多，靈機在手泛潮波。

太虛情幻神遊戲，智慧傷懷便入魔。

註一 本詩作於二〇二一年二月十四日。

戲作問答

南鄉嗔問

離言此恨如春草，

爭那天南四季春。

昨夜寒潮傷柳色，

疑猜剪燭有新人。

北漂敬答

靈眸澤轉寶光生，

本是老君爐煉成。

法眼單開丕破妄，

定知深念釀潮聲。

註一 本詩作於二〇二一年二月二十二日。

註二 小記：受邀回原校協助語文社團課程，寫來給國中生參考的
遊戲之作。生活中「晚來天欲雪，能飲一杯無」的小樂趣可
以入詩，人情互動的諸多樣態自然也都可以。

喬木

任他春好競時髦，
根土深沉信可聊。
不共秋聲悲落盡，
榮枯過眼一勾銷。

註一　本詩作於二〇二二年五月二十一日。
註二　小記：喬木，就是字面上「高大樹木」的意思，與《詩經·
　　　周南·漢廣》的「南有喬木，不可休思」沒有關係。

尋巔若夢癸巳記行

野徑通幽處，

藤蘿扣紫鈴。

春溪猶刺骨，

老樹乃分形。

絕頂常浮白，

凌霄偶出青。

穿雲來路掩，

入耳幾丁泠。

註一 本詩作於二〇一三年九月二十八日。

澹然

問心猶幾許？

笑次已無言。

墨筆勻成錦，

金針度與緣。

不虞揮手後，

惟備入堂前。

卓爾歸真一，

澹然辭大千。

註一 本詩作於二〇一七年四月七日。

註二 小記：因為身子有些狀況，決定辭去原本擔任的「圖書閱讀
推動教師」職務。回任國文教師，順便兼一下導師，也開始
思量是否應該「登出教職」了。

歲暮

雨凍苔猶綠，

天寒耳卻朱。

杯盤常飽滿，

筆硯久荒蕪。

半日偷閒樂，

終年作子奴。

捫心何所有？

攤手一糊塗。

讀梁淑珍〈落花生的女兒〉一文有懷

零丁愛恨唯生死，陌路相持泣瓦全。

應劫千金沉亂世，回溫一筆記流年。

椎心紅似無情物，刻骨痕如滄海煙。

霜節不凋終素志，長存玉魄補蒼天。

註一 編按：《我是落花生的女兒》，是一本動盪時代中刻骨銘心的
回憶錄，進入書中，便深深感受到作者許燕吉的堅貞與韌
性。（圖／網路）

註二 本詩作於二〇二一年八月二十八日。

丁酉自敘

道術推繁衍易通，

分殊運妙法根同。

弦歌莞爾琳琅韻，

造化循然歲月功。

到底舌尖花盡去，

屆時身外事皆空。

靈臺不共乾坤轉，

自有乾坤方寸中。

註一 本詩作於二〇一七年六月一日。

註二 小記：感謝學校同仁、家長、學生的支持，助我獲得臺南市師鐸獎，此詩當時權作公開答謝之用。評選過程中，蒞校訪視的評審指正我的態度「似乎不熱衷」。於是我虛心受教，頒獎典禮便「一以貫之」，不去了。

將就

莫笑庸愚伴作仙，

荒唐滿紙夢成篇。

征夫血汗紅塵土，

墨客雲山紫水煙。

後事未期空打算，

前功已去懶牽連。

病來如友良提醒，

守得清明是一天。

註一 本詩作於二〇二〇年七月二十四日。

註二 小記：若不是「將就木」，那就將就著過日子。有些病不會消失，要學著和平共存啊。

牽拖個鳥

瀟瀟夜雨洗塵斑，

曉葉蓬披翠欲潸。

積水照來新面目，

好風吹入舊門關。

自遊丘壑天生趣，

各奉綱常人造山。

君馬虺隤蜂蝶舞，

云何勞遠鳥綿蠻？

註一 本詩作於二〇二〇年八月三日。

註二 君馬虺隤蜂蝶舞，云何勞遠鳥綿蠻：「虺隤」，音ㄏㄨㄟ ㄊㄨ
ㄟˊ，有病、生病，多指馬而言。七、八兩句借用《詩經》
的〈周南‧卷耳〉與〈小雅‧綿蠻〉。在此轉用為人之所以勞
苦奔波，通常是自己放不下。

註三 小記：讀了「既自以心為形役，奚惆悵而獨悲？」這句，以
及那篇經典的「辭」，突然有一種「好像很懂」的感覺，於是
寫了這篇。

迎新年

彼時遐想盡雲煙，

五十於今又二年。

藥袋堆成新古堡，

詩歌湊作兩三篇。

常因游藝餐眠亂，

何止謀生日夜顛。

不欲襟懷悲憤滿，

偶支渾語笑人前。

專業騙小孩

推窮物理先天數，

錘鍊金針至善方。

任重也曾夷險阻，

心寒正合鐵肝腸。

九霄罩霈傷春色，

六甲仙書安小郎。

道一分呈千法術，

臨機化解握靈光。

註一 本詩作於二〇二一年九月二十九日。

註二 小記：回原校協助每週兩堂的語文社團課程，已經邁入第三年。以此詩做紀念。一如我是「類詩人」般，不敢誇口懂得教書，故曰「專業騙小孩」。

辛丑即事四首

一　春興　二儀有象，罕窮其數

燕杳巢空疑鳳凰，乾坤依舊漏韶光。

牛侔花信聲聲慢，雨怠農期處處荒。

日仄堂幽移皁白，天高地闊鬥青黃。

庚辛瘟鬧心頭熱，新歲春猶世道涼。

二　困疫　禁令升級，居易俟命

眾容添彩行緘口，遠目交逢尚有眉。

林茂夏深千鳥樂，家和市冷萬商悲。

神丹寄付雲中鶴，草籽散成盆下棋。

用度綢繆寅卯盡，開張天問考迷離。

註一　本詩作於二〇二一年八月二十日。

註二　小記：〈辛丑即事〉七律組詩是參加第十屆臺中文學獎獲得古典詩第二名的作品。這一年生活中的諸多變化與不便，感觸頗深。當中第三首是最後完成的，第二首則是當下慨嘆最深，寫出來卻最搞笑。

註三　草籽散成盆下棋：「草籽」，喻草介之民。

三　苦雨　有無皆苦，陋室自得

龍頭點滴珍珠淚，承露分區未忍開。

煮字中宵驚霹靂，負隅孤影共塵埃。

玄冥駕起雷槍出，碧落河傾星矢來。

舊漏新痕如畫棟，聽風聽雨戰窗臺。

四　尚幸　雲端營生，鍵行不息

寒門五斗晨昏色，大塊四時新舊章。

十指鍵行翻拙巧，一錢懷守納炎涼。

沿街喚賣屠龍技，畫餅烘騰無有鄉。

向日不材恆矻矻，於今能飯未茫茫。

疲役

暮降猶在晝，誰轉天地輪。

勤屬無昏曉，苦勞類波臣。

醉生何用酒，夢死慣紅塵。

通都燈四落，萬慮戰一身。

任重嘲道遠，途窮乃歸真。

豈必哭而返，灰冷滋味淳。

遙光喧嘩處，五彩如有神。

溝壑壘落葉，高臺四季春。

註一　本詩作於二〇二二年二月十六日。

剩餘價值

協商數日，終於
右腳昨夜宣布罷工
幸好左腳，尚有
剩餘價值

／

一早，帶著右腳
去見醫生
繳了欠挨了針
簡單儲值

／

右腳的功能
暫存了
繼續我的
剩餘價值

註一　本詩作於二〇一八年八月十二日。

盛開之後

把字寫在空中
風來，朗誦
當雲開始悲喜
城市就會下雨

／

天上黑黑的都是墨寶啊
盛開的都是傘
朵朵挨著躲躲
五顏六色的聲音

／

寫的什麼清清白白呢
黑黑的落下來
都在水溝裡

註一 本詩作於二〇一九年四月二十六日。

若非歸人
書二〇二〇年長榮外籍女大生遇害事

午後千針冷雨淘過草長

萋萋懸著入世幾滴炎涼

彤日，往極樂方向

一如彼時的慈悲風光

沿途艱難，沉落

之後還會亮些引路的明燈吧

／

窺視的鷹眼紛紛騰起

風潮八方湧來這次那次的悲傷

彷彿的儀式成陣結隊緩緩而過

閃著紅藍示警的禮車示範清場

莊嚴拍板，定案

「只有兩盞路燈不亮。」

／

野風撥弄玉律琅琅千響

譜著人間荒唐

隨手扯斷誰家肝腸

犯科依舊冠冕堂皇

火球終究落了下去

碎散成稀稀疏疏的螢飛

無聲點綴，蒼茫

故了，只是遺個故

卻不是安息鄉

白繼敏

詩文幾筆淡茶一盅
便是人間
最美好的寄託

年輕時寫詩，是為了繳交作業，很少認真體會詩的美好。及至中年，始發覺詩不但可以抒發情性、寄託心志，甚至可以記錄生活。此外，藉由詩文交流，亦能與更多藝文同好，開展不一樣的視野。

　　詩的文字精鍊，充滿情韻，耐人咀嚼。許多常人之心、常人之態，都能跨越時空，引起共鳴，而含蓄多方的解釋，更增添詩文無窮的魅力。不論古今形式，詩的豐富面貌，都能在創作或閱讀時，貼近你最真實的內心。

　　自二〇二〇年空中群組成立以來，兩年多的時光，竟也積累可觀的篇幅。詩中有過去與現在生活裡的駐足與回顧，也許有天興盡筆枯，這些曾經的書寫，或能安然不負半生情性。

保密

秀木當風處境難，
眈眈虎目禍無端。
惟將赤膽托弦外，
筆斂鋒芒語意寬。

註一 小記：在一次創作課程後，楊維仁老師出了一個題目「為什
麼要寫詩？」我的直覺是：詩的表現含蓄多方，解釋在兩可
之間隨意，既能抒情，又在隱諱中避禍，因此以〈保密〉為
題，書寫詩的作用。

線上教學

屏前志力兩相違，
弟子神遊魂忘歸。
縱有項王音叱咤，
奈何雲際應聲微。

小記：近年因受疫情影響，很多學校不得已實施線上教學。
然而，學生的自制力是充滿變數的，當老師在螢幕前聲嘶力
竭，學生往往在雲端神魂漫遊，因而為詩，記錄這歷史性的
一段時間。

註二 縱有項王音叱咤：《史記》：「項王喑噁叱咤，千人皆廢。」

北投竹枝詞

走唱聲消水月涼，
磺泉風暖夢猶長。
櫻花小徑迎新客，
一樹緋紅日夜香。

註一 小記：我喜歡北投，不論早期的歡場走唱，還是如今的觀光
賞櫻，這個從小長大的地方，總是充滿著溫柔的故事。

射箭

腰懸羽箭反曲弓，
滿引弦聲破逆風。
百步之間誰勝負，
且將標靶作飛鴻。

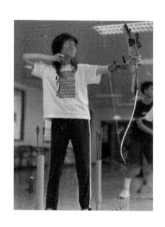

註一　小記：二〇二二年四月同友人於運動中心嘗試射箭，當左手
　　　虎口握上弓把，剎那間，竟感到祖先的血液在靈魂深處奔騰。

無端之禍

如棋政治多謀算，

無主烽煙禍庶民。

失路他鄉悲骨肉，

憑誰亂世抱輿薪？

烏俄戰局迢迢遠，

真假風聞日日新。

傷慟君如憐陌路，

奈何輕捨眼前人？

註一 小記：政治語言的詭譎往往蒙蔽真相，因而流於各說各話，
造成爭議，傷及親友的感情，君不見多少群組為此而解散。
但是這樣的「無端之禍」，值得嗎？

註二 憑誰亂世抱輿薪：「抱輿薪」，指杯水車薪的物資救援，無論
如何都無法真正挽救，在戰事中犧牲的人民。

午後陽明

仲夏離塵穿曲徑，

雲遮熾熱霧微涼。

華岡寄夢千秋遠，

海芋迷人一色香。

自在何須凌絕頂，

醺酣不必藉瓊漿。

溫泉肌骨膚如雪，

午後陽明樂未央。

註一 二〇二〇年陽明山國際文創設計競賽入圍作品。

草嶺憶舊

草嶺茫茫時序遷，

多愁細雨意綿綿。

花魂泥裡空寥落，

虎字碑前成陌阡。

山走龍蛇雲作客，

海吞星月浪滔天。

亭前歲滿相思故，

舊友新情斷復連。

註一　小記：位於新北市貢寮區與宜蘭縣頭城鎮交界處的草嶺古道，沿途種滿菅芒花，一到秋天，山頭便滿是銀色浪花，隨風搖曳。而此處知名的景點「虎字碑」，石碑前因照相者眾多，踩踏出一條平整的小路，與泥中無人聞問的落花，恰成對比。年年登臨觀景亭，許多記憶中的人事雖不斷變遷，但依然相信真正的情誼是經得起歲月的淬鍊。

讀梁淑珍〈落花生的女兒〉一文
從「魏兆慶」視角緣事為詩

高門異變多歧路，離散天倫不忍聞。

世亂潮紅吞餓骨，時窮家敗辱斯文。

從來運命繫天數，未卜耕犁易繡裙。

莊稼男兒不畏險，為卿棧道建連雲。

註一 《我是落花生的女兒》，作者許燕吉用一生刻骨銘心的回憶，
書寫大時代的亂離。

註二 魏兆慶，目不識丁的老農，娶了名家才女許燕吉，兩人變成
一對合作夫妻。

註三 小記：多數人閱讀《我是落花生的女兒》時，很自然會從作
者的角度，感慨才女的淪落。然從老農的立場來看，在亂離
的動盪中，勇敢地娶了作者許燕吉，並珍而重之，又何嘗不
令人感動。

七律

悼籠中雞

夜未央，滴漏盡，

一晌猶貪好夢長。

白日起，方酣暢，

昨日友朋卻斷腸。

不思別，猶相看，

死生掙扎竟倉皇，

市井鍋中成膏粱。

生何眷，死何戀，

命懸一線猶偷安。

相啄忙，相偎暖，

步履未停方寸寬。

正高歌，化悲愴，

欄外引頸血未乾，

短暫紅塵實艱難。

註一　小記：市場買現殺活雞，見籠中雞群在同伴被抓出去的混亂
　　　　後，竟快速恢復相啄食的日常，有感而發。

醉花陰·重遊校園

窗外鳥鳴催白晝，
風捲流雲瘦。
草色又綿延，
把盞窗前，
惆悵頻回首。

蒲葵影亂黃昏後，
風雅聲如舊。
故友共清茶，
味淡情濃，
重把前緣扣。

清平樂・疫情時代

夜襲四面，
乍起風雲變。
窗外人行聲漸緩，
日日靜中紛亂。

坐斷後路前程，
楷模春夢微醒？
細數危城歲月，
命似一葉舟輕。

次韻貫雲石〈清江引〉

繫情緣九天何遠哉？

彈曲托弦外，

清音風雅閒。

雨意卻妨礙，

嘆風驟怨人間路窄。

清江引

貫雲石

棄微名去來心快哉，

一笑白雲外，

知音三五人，

痛飲何妨礙，

醉袍袖舞嫌天地窄。

火龍果

火龍果，火龍果

身穿紅襖，乘坐雪橇

追著夏天一路跑

／

滿肚的點子聰明的腦

夜來偷偷剪棉袍

又像鱗片又像毛

／

我知道，你想飛天湊熱鬧

可西天王母

有滿桌的蟠桃

你把熱情留在人間好不好

註一 小記：火龍果是仙人掌科蛇鞭柱屬的植物果實，每到夏季，一條條三角柱狀的莖便結出果實，而紅色外皮上有如羽狀的葉片，更予人乘坐雪橇插翅飛天的想像空間，故嘗試以童詩表現火龍果單純的形象。

監考老師的獨白

男子漢總是用氣息標誌

陰陽的界線

難怪梁山的陽光盡是耀眼的義氣

／

垃圾滿地

不妨青春滿眼

燕青昂然，李逵勇猛

卷前兀地搔首吟哦

焦慮沁出了魯達額上的汗珠

忙煞九紋龍腳下的藍白拖

降龍還是伏虎？

梁山哪能比世紀考場上的鏗鏘

講桌前淨是輕狂無懼的吐納

四方雜亂且歸塵土，哪值英雄一顧

／

一樣的氣息，不一樣的聚義

你自八方而來

丟掉晃晃的金刀禪杖

換一支生花夢筆

在熱情裡揮汗撒種

仗青春勇敢前行

雲遊之境

我不知道

該從哪個角度看妳

才能看到妳的眼裡

那個渺茫的夢境

日裡夜裡

追尋的輕狂

／

我不知道

該從哪個角度看妳

才能看懂妳的心底

那個熾烈的嚮往

時時刻刻

無悔的執著

／

也許……我不該知道

無論從哪個角度看妳

妳都不希望

重新甦醒於春秋戰國的紛亂

對晤孟子，坦言相告：

「很難喜歡你」

小記：課堂上，授課老師最煩惱的便是準備了豐富的內容，
卻遇到昏沉欲睡的學生。有一回正講到《孟子》，看到同學或
是體力不支，或是缺乏興趣，趴在桌上，讓我似乎也不得不
進入她們的夢境，去感受、去揣想。

妳的眼睛

一雙眼睛

晶亮閃著渴望

那星火，有著燎原的熱

／

一雙眼睛

晶亮透著仰慕

那依戀，浸潤著純真的笑

／

還有一雙眼睛

在迷濛中探索

那真摯，彷如誠懇的膜拜

／

一室星子閃爍

眨呀眨呀的慧點裡

滿是妳們渴望星空的亮度

／

東樓西樓，偶然駐足

稚氣未脫的美麗目光

醉我在妳十八歲的盛放裡

註一 小記：相較於昏昏欲睡的課堂，當老師看到滿室深情的仰
望，師生之間的心靈交流，又是另一番教人陶醉的感動。

連於江面的故事

序：八八坑道的老酒，兩棲蛙人的英勇，
　　一直是馬祖最清晰的歷史記憶

你的眼光始終，憑弔北方

舉一杯老酒

祭奠勇士的魂魄

／

二十歲

在水面下悄無聲息

以高粱開封

沸騰，潛行的肝膽

／

長長的坑道

通往記憶的彼端

當濕氣伴痠痛爬滿膝蓋

卻沒忘記堅鋼的意志

如何橫渡兩岸

／

曾經銳利的鷹眼

蒙了霧翳也清楚見到

深夜毛孔的顫慄

滿飲中，烈烈燒成大無畏

銜利刃，乘胸中熱血渡海如冰

藉敵人的頭顱

築起長長的邊防

／

那一年，滿城烽火如雨

雷雷戰鼓北上高登

南竿，北竿……分不清的前線後方

直到砲孔彈痕鑲嵌成歲月的勳章

／

煙硝散，醇酒香

兩排大缸，十五度微涼

島浪釀進甕底

微酵輕響

餘下的故事還在靜靜傳香

註一 小記：本詩刊登於《馬祖日報》（二〇二二年八月四日）。

等在季節裡的鳥事

上一季約定，妳來
偶然歇腳於我的領空
乾枯的枝枒
竟讓妳，站成美麗的畫幅
／

這一季守候，我在
用熱情吹響連營的號角
幾十發快門
是迎接的前奏
／

都會公園的停車場
獵影大軍自四方，集結
我們忙著交換追隨的情報
與心上的青鳥
／

妳蹁躚的身影乍現

用長尾替老樹披掛紫色的綬帶

或戴著紅圍脖妝點季節

而輕語的黃鸝，間關

一開口就喚醒了我的春夢

／

六十倍望遠砲口點燃

一片仰慕的聲光

妳輕盈起舞

酬答我相思的渴望

卻還來不及收捲

就兀自飛出長軸畫幅之外

宣布散場

／

乘著惆悵，我走

眷戀在眼中凝結成詩

飄送遠天，朗讀給妳

風中都是詩音

雨中，還迴響著下一季的承諾

紅胸鶲

紫綬帶

註一 小記：本詩刊登於《台客詩刊》。

註二 用長尾替老樹披掛紫色的綬帶：「紫綬帶」，臺中都會公園出現的候鳥。

註三 戴著紅圍脖妝點季節：「紅胸鶲」，臺中都會公園出現的候鳥，雄鳥頭灰色，背面灰褐色，喉至上胸橙紅色。

註四 一開口就喚醒了我的春夢：〔唐〕金昌緒〈春怨〉：「打起黃鶯兒，莫教枝上啼。啼時驚妾夢，不得到遼西。」

註五 六十倍望遠砲口：指六十倍望遠鏡的攝影器材。

沙漠與海洋

你自北地而來
挾藏熾烈的豪情
向南，掬飲碧海的流波
／
我以盪舟的溫柔
拂一袖江南的煙雨
望北，隨漫天黃沙
蒸發最後一滴
錯‧遇

您已收回訊息

您已收回訊息
您已收回訊息
您已收回訊息
…………………………

回收，訊息
其實是回收心裡的狼狽
在等待又等待的落空之後
只能把收回的情緒寫成一本厚厚的
離・騷
╱

假意錯過的人
喜歡裝傻
故意區隔出漢界楚河
然後不痛不癢的
隔岸，觀火
╱

無論想說還是能說

在猶豫裡潮濕的字句

無法列隊

反覆

打字刪除打字刪除打字刪除⋯⋯

／

如果你已在打包記憶

讓我跟著一起回收吧

不念緣起

不嘆情盡

不問前路

不說再見

／

但是，如果還有如果⋯⋯

是否能讓我知道

離騷的序言

究竟該從何處，起筆

如果‧文字有沸點

如果，文字有沸點

何不拾取往事

放入風箱鼓動的灶下

在嗶嗶剝剝的火光中

汽化成一句句昇華的想念

遙寄給妳

註一 小記：本詩刊登於《台客詩刊》。

夕照

生命若薄，如紙

便能任意隨風

／

追逐你，窮夸父之力

跋山涉水

一伸手

便輕攬艷色滿懷

／

教下山的夕照

不擾半點

人‧間‧風‧波

蒲公英

總是流浪，隨風的方向

沒有歸航

／

張開白色羽翼

一顆心子無意識飛翔

迷失在丘壑，在水塘，還是

在你的髮上？

教誰偷偷的收藏

／

卻仍執意遊蕩

落地，為家

直到時光中的想念

長成下一季出走的年華

註一 小記：這是二〇二〇年首開臉書後第一首寫作的新詩，當時
曾強烈渴望如四處浪遊的蒲公英自在飛翔。

文化生活叢書 ・ 詩文叢集 1301075

六塵在簡

作　者　黃智群　李崑炎
　　　　張允中　林瓊雯
　　　　吳冠賢　白繼敏

主　編　白繼敏

責任編輯　蔡佳倫

實習編輯　陳巧瑗　莊媛媛　謝宜庭

發 行 人　林慶彰

總 經 理　梁錦興

總 編 輯　張晏瑞

編 輯 所　萬卷樓圖書 (股) 公司
　　　　　臺北市羅斯福路二段 41 號 6 樓之 3

電　話　(02)23216565

傳　真　(02)23218698

發　行　萬卷樓圖書 (股) 公司
　　　　臺北市羅斯福路二段 41 號 6 樓之 3

電　話　(02)23216565

傳　真　(02)23218698

電　郵　SERVICE@WANJUAN.COM.TW

ISBN 978-986-478-792-0

2023 年 1 月初版

定價：新臺幣 280 元

本書為臺灣師範大學國文學系 2022 年度「出版實務產業
實習」課程成果。部分編輯工作，由課程學生參與實作。

如何購買本書：

1. 劃撥購書，請透過以下帳號
　帳號：15624015
　戶名：萬卷樓圖書股份有限公司

2. 轉帳購書，請透過以下帳戶
　合作金庫銀行 古亭分行
　戶名：萬卷樓圖書股份有限公司
　帳號：0877717092596

3. 網路購書，請透過萬卷樓網站
　網址 WWW.WANJUAN.COM.TW

大量購書，請直接聯繫，將有專人
為您服務。(02)23216565 分機 610
如有缺頁、破損或裝訂錯誤，請寄
回更換

國家圖書館出版品預行編目資料

六塵在簡 / 黃智群, 李崑炎, 張允
中, 林瓊雯, 吳冠賢, 白繼敏作. --
初版. – 臺北市：萬卷樓圖書股份
有限公司, 2023.01
　　面；　公分. -- (文化生活叢書.
詩文叢集；1301075)

ISBN 978-986-478-792-0 (平裝)

1.CST: 2.CST:

863.51　　　　　　111019905